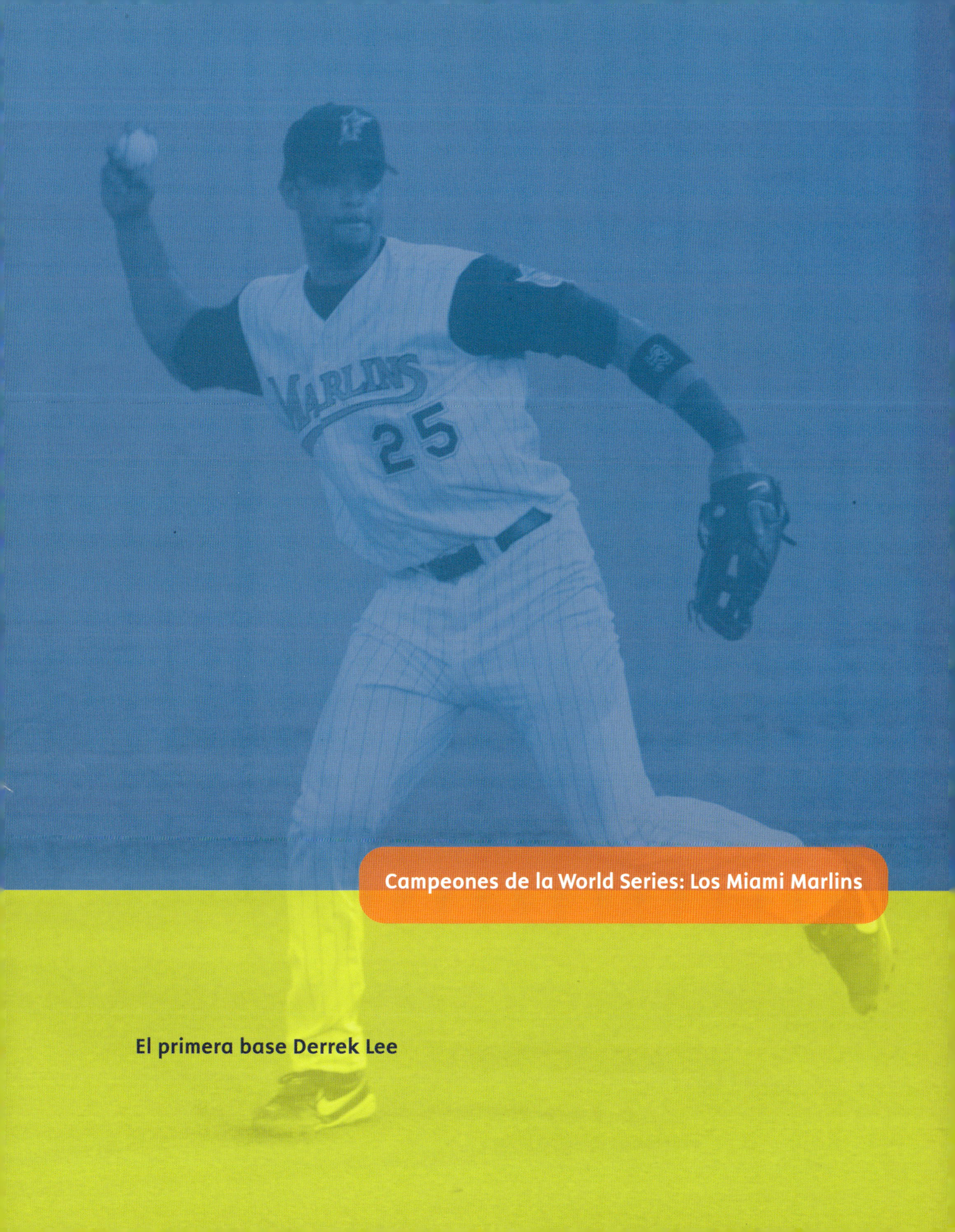

Campeones de la World Series: Los Miami Marlins

El primera base Derrek Lee

El lanzador Sandy Alcántara

CAMPEONES DE LA WORLD SERIES

LOS MIAMI MARLINS

MEGAN COOLEY PETERSON

CREATIVE EDUCATION/CREATIVE PAPERBACKS

Publicado por Creative Education y Creative Paperbacks
P.O. Box 227, Mankato, Minnesota 56002
Creative Education y Creative Paperbacks son marcas editoriales de The Creative Company
www.thecreativecompany.us

Dirección de arte por Tom Morgan
Diseño y producción por Ciara Beitlich
Editado por Joe Tischler

Fotografías por Alamy (Tribune Content Agency LLC), AP Images (Wilfredo Lee, Lynne Sladky), Corbis (Stephen Green, Eliot Schechter, Matthew Stockman), Dreamstime (Giovanni Gagliardi), Getty (Al Bello, Justin Casterline, Mitchell Layton, Ronald C Modra, Jasen Vinlove/Miami Marlins, Doug Pensinger)

Library of Congress Cataloging-in-Publication Data
Names: Peterson, Megan Cooley, author.
Title: Los Miami Marlins / [by Megan Cooley Peterson].
Description: [Mankato, Minnesota] : [Creative Education and Creative Paperbacks], [2024] | Series: Creative sports. Campeones de la World Series | Includes index. | Audience: Ages 7-10 years | Audience: Grades 2-3 | Summary: "Elementary-level text and engaging sports photos highlight the Miami Marlins' MLB World Series wins, plus sensational players associated with the professional baseball team such as Sandy Alcantara"-- Provided by publisher.
Identifiers: LCCN 2023015562 (print) | LCCN 2023015563 (ebook) | ISBN 9781640269484 (library binding) | ISBN 9781682774984 (paperback) | ISBN 9781640269729 (ebook)
Subjects: LCSH: Miami Marlins (Baseball team)--History--Juvenile literature. | Florida Marlins (Baseball team)--History--Juvenile literature. | World Series (Baseball)--History--Juvenile literature. | National League of Professional Baseball Clubs--Juvenile literature. | Major League Baseball (Organization)--History--Juvenile literature. | Baseball--Florida--History--Juvenile literature.
Classification: LCC GV875.M47 P4718 2024 (print) | LCC GV875.M47 (ebook) | DDC 796.357/6409759381--dc23/eng/20230412

Impreso en China

Campeones de la World Series de 2003

El lanzador Josh Beckett

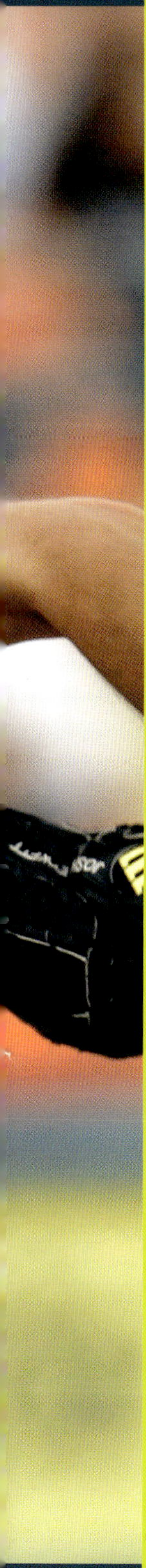

CONTENIDO

El hogar de los Marlins

La ciudad de Miami, Florida, se asienta a lo largo del Océano Atlántico. Muchas personas visitan las playas y clubes de la ciudad. También animan al equipo de béisbol de los Marlins. Los jugadores emocionan a los aficionados en el LoanDepot Park, su **estadio** local.

Los Miami Marlins son un equipo de béisbol de la Major League Baseball (MLB). Juegan en la National League (NL). Sus **rivales** son los Atlanta Braves. Todos los equipos de la MLB intentan ganar la World Series para convertirse en campeones.

El segunda base Luis Arráez

Nombrando a los Marlins

El dueño de los Marlins nombró al equipo como a uno de sus peces favoritos para pescar. Los marlins tienen narices puntiagudas que parecen lanzas. Nadan en el océano cerca de Miami. El equipo se llamaba los Florida Marlins. Hoy en día, muchos aficionados los llaman simplemente "The Fish" (los peces).

El jardinero Gary Sheffield

Historia de los Marlins

Los Marlins se unieron a la National League en 1993. Jeff Conine consiguió golpe tras golpe. Charlie Hough ponchóa los bateadores. Pero los Marlins perdieron más juegos de los que ganaron durante los primeros años.

Los Marlins obtuvieron un nuevo manager en 1997. Jim Leyland llevó a su equipo a las **eliminatorias** ese año. El lanzador Liván Hernández y el jardinero Gary Sheffield los ayudaron a ganar los partidos de las eliminatorias. Elequipo venció a los San Francisco Giants y los Atlanta Braves.

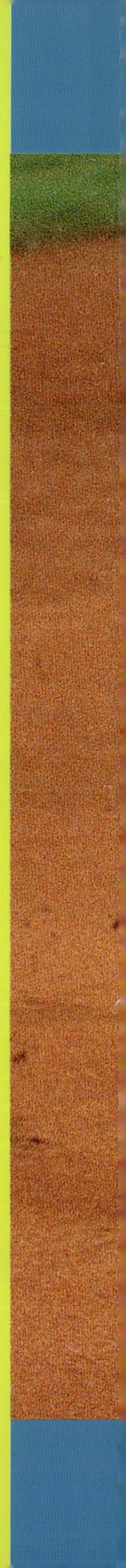

Los Marlins se enfrentaron a los Cleveland Indians enla World Series. Edgar Rentería bateó un golpe debase **walk-off**. ¡Los Marlins fueron campeones!

El campocorto Edgar Rentería

El lanzador Charlie Hough

Los Marlins cayeron al último lugar al año siguiente. Las siguientes temporadas tampoco fueron bien. El equipo recuperó su chispa durante la temporada 2003. Llegaron a su segunda World Series. Pocos creían que los Marlins pudieran superar a los Yankees. Pero lo hicieron. Vencieron a Nueva York en seis partidos.

Otras estrellas de los Marlins

Los Marlins han tenido muchos jugadores estrella. El lanzador Josh Beckett fue nombrado el jugador más valioso de la World Series de 2003. El tercera base Mike Lowell participó en tres Juegos de Estrellas. El primera base Derrek Lee aplastó 129 jonrones.

El **ajetreo** del segunda base Luis Castillo en el campo lo convirtió en estrella. Ganó tres Gold Gloves comoMarlin. Los mejores defensores ganan este premio.

El segunda base Luis Castillo

El jardinero Giancarlo Stanton

El jardinero Giancarlo Stanton se unió al equipo en 2010. En 2012, bateó un jonrón que voló casi 500 pies. Ganó el premio al jugador más valioso de la National League en el 2017.

En 2022, el lanzador Sandy Alcántara ganó el Cy Young Award. Los mejores lanzadores lo ganan. Los jugadores de cuadro que participaron en los Juegos de Estrellas Jean Segura y Luis Arráez se unieron alequipo en 2023. ¡Los aficionados están listos paraotro campeonato de la World Series de los Marlins!

Sobre los Marlins

Comenzaron a jugar en: 1993

Liga/división: Liga Nacional, División Este

Colores del equipo: negro, azul, rojo y gris

Estadio local: LoanDepot Park

CAMPEONATOS DE LA WORLD SERIES:

1997, 4 juegos a 3,
venciendo a los Cleveland Indians

2003, 4 juegos a 2,
venciendo a los New York Yankees

Sitio web de los Miami Marlins:
www.mlb.com/marlins

Glosario

ajetreo: la capacidad de moverse con rapidez o esforzarse por lograr una tarea

eliminatorias: partidos que juegan los mejores equipos después de una temporada para ver quién será el campeón

estadio: un edificio con niveles de asientos para los espectadores

rival: un equipo que juega muy duro contra otro equipo

walk-off: un golpe de base que trae la carrera ganadora

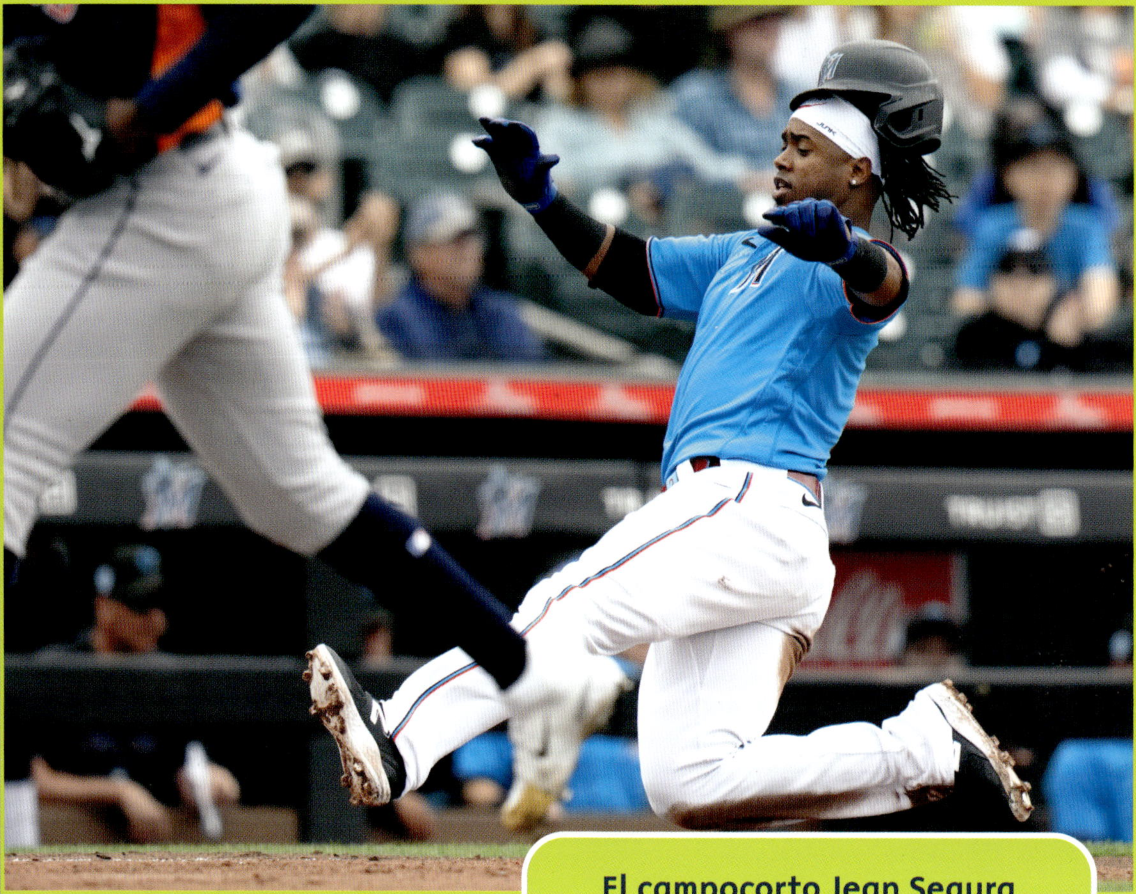

El campocorto Jean Segura

Índice